第一次王国

跑调国王的演唱会 ①

〔日〕东条桑/文
〔日〕立本伦子/图
周龙梅/译

深圳出版社

版权登记号　图字：19-2022-017 号

HAJIMETE OUKOKU Vol.1
Text by Tojo-san
Illustrations by Michiko TACHIMOTO
© 2019 colobockle, Tojo-san
All rights reserved.
Original Japanese edition published by SHOGAKUKAN.
Chinese (in simplified characters) translation rights in China (excluding Hong Kong, Macao and Taiwan) arranged with SHOGAKUKAN through Shanghai Viz Communication Inc.

原版问题作成／小泽博则（浜学园）　原版设计／植草可纯 前田步来（APRON）　原版音乐合作／GAKU
原版校正／日本历史子　日本语监修／小学馆国语辞典编集部

图书在版编目（CIP）数据

跑调国王的演唱会 /（日）东条桑文；（日）立本伦
子图；周龙梅译 . -- 深圳：深圳出版社，2024.1
（第一次王国）
ISBN 978-7-5507-3695-5

Ⅰ.①跑… Ⅱ.①东… ②立… ③周… Ⅲ.①儿童故
事 - 图画故事 - 日本 - 现代 Ⅳ.① I313.85

中国版本图书馆 CIP 数据核字 (2022) 第 211106 号

第一次王国❶
跑调国王的演唱会
PAODIAO GUOWANG DE YANCHANGHUI

出 品 人　聂雄前
责任编辑　吴一帆
责任技编　陈洁霞
责任校对　张丽珠
装帧设计　心呈文化

出版发行　深圳出版社
地　　址　深圳市彩田南路海天综合大厦（518033）
网　　址　www.htph.com.cn
订购电话　0755-83460239（邮购、团购）
排版制作　深圳市心呈文化设计有限公司
印　　刷　中华商务联合印刷（广东）有限公司
开　　本　787mm×1092mm　1/16
印　　张　5.25
字　　数　60 千字
印　　数　1-4000 册
版　　次　2024 年 1 月第 1 版
印　　次　2024 年 1 月第 1 次
定　　价　35.00 元

国王

第一次王国的国王。
最喜欢尝试"第一次",
会想出各种"第一次"的事情来为难别人。
讨厌的东西是倒着走的蜣螂（俗称屎壳郎）。

？？？

有拉小提琴的天赋。
总喜欢做和别人说的相反的事情,
或是捉弄别人。

小橘

第一次王国里最棒的指挥。
总是帮助别人。
喜欢独处。
兴趣是写日记。

zhè lǐ shì dì yī cì wáng guó
这 里 是 第 一 次 王 国。
zuì xǐ huan cháng shì gè zhǒng dì yī cì
最 喜 欢 尝 试 各 种 "第 一 次"
de guó wáng tǒng zhì zhe zhè ge guó jiā
的 国 王 统 治 着 这 个 国 家。

所有"第一次"的事情，
国王都想挑战一下。

一想到还没养过鸟，
国王就养起了金丝雀和鹦鹉，
甚至还想捉一条龙来养。

臣下们有的被鹦鹉啄伤，
有的不能睡觉，要查阅龙的资料。
总之，都吃够了苦头。

suǒ yǐ　 dāng guó wáng shuō
所以，当国王说

wǒ yào kāi yí gè rén chàng de yǎn chàng huì
"我要开一个人唱的演唱会，
yě jiù shì shuō　 wǒ xiǎng jǔ bàn dú chàng yǎn chàng huì
也就是说，我想举办独唱演唱会！"

de shí hou　 chén xià men xīn lǐ dōu
的时候，臣下们心里都
qī shàng bā xià　 bù zhī dào huì fā shēng shén me
七上八下，不知道会发生什么
yàng de shì qing
样的事情。

yú shì　 chén xià men jué dìng qǐng wáng guó lǐ zuì bàng de zhǐ huī
于是，臣下们决定请王国里最棒的指挥
lái péi guó wáng liàn xí
来陪国王练习。

指挥：在乐队或合唱队
前面发令，指示大家如
何演奏或演唱的人。

5

cóng zhè tiān qǐ
从这天起，

chuān zhe jú hóng sè yī fu de zhǐ huī xiǎo jú
穿着橘红色衣服的指挥小橘，

kāi shǐ zài chéng bǎo de huā yuán lǐ
开始在城堡的花园里

duì guó wáng jìn xíng gè rén zhǐ dǎo xùn liàn
对国王进行个人指导训练。

kě shì guó wáng yí chàng gē
可是，国王一唱歌，

bú shì zhè lǐ pǎo diào
不是这里跑调，

jiù shì nà lǐ zǒu yīn
就是那里走音，

lián huā yuán lǐ shèng kāi de xiān huā dōu tīng de kū wěi le
连花园里盛开的鲜花都听得枯萎了。

6

yuán lái   guó wáng jìng shì gè dà yīn chī
原 来 , 国 王 竟 是 个 大 音 痴 ！

"国王大人，您跑调了。"

就在小橘十分为难的时候，

不知什么地方传来了小提琴

的声音。

"多么美妙的音色呀。"

国王听得入了迷，

"听到这样的琴声，

心情会无比愉快。

啦啦啦——"♪

āi yō zhēn shì bù kě sī yì
哎哟，真是不可思议！

gēn gāng cái jié rán bù tóng
跟刚才截然不同，

guó wáng de gē shēng biàn de yōu yáng dòng tīng le
国王的歌声变得悠扬动听了。

xiān huā yě lì kè huī fù le yuán lái de yàng zi
鲜花也立刻恢复了原来的样子。

guó wáng dà ren nín chàng de tài hǎo le
"国王大人，您唱得太好了！"

xiǎo jú gāng shuō le yí jù nà qín shēng jiù tíng xià le
小橘刚说了一句，那琴声就停下了。

guó wáng de gē shēng
国王的歌声

yòu biàn de wǔ yīn bù quán
又变得五音不全。

9

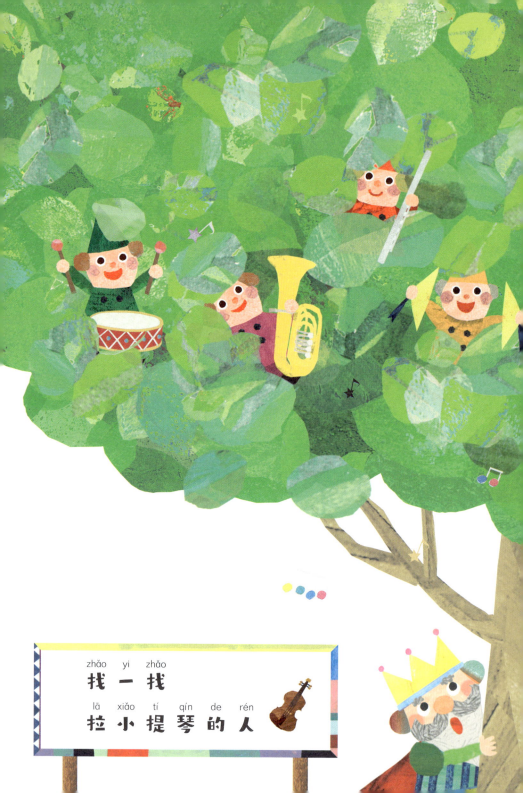

zhǎo yi zhǎo
找 一 找
lā xiǎo tí qín de rén
拉 小 提 琴 的 人

"好像在树上，可到底是谁呢？"

“有人在那里！”

小橘用手指了指。

“哎呀，被你们发现了。”

一个小小的身影说。

“快下来吧！”

小橘喊了一声。

zhè shí　　shù shàng de shēn yǐng yòu shuō huà le
这时，树上的身影又说话了。

xiǎng ràng wǒ xià qù de huà
"想让我下去的话，
jiù qǐng xiān cāi yí gè mí yǔ ba
就请先猜一个谜语吧。"

shì shén me mí yǔ ne
"是什么谜语呢？
wǒ hěn xiǎng lái cāi yi cāi
我很想来猜一猜。"

guó wáng duì dì yī cì de shì qing
国王对第一次的事情，
yuè yuè yù shì
跃跃欲试。

bǎ shù chú diào
把 树 除 掉

bú yòng gōng jù
"不 用 工 具 ，

bǎ zhè lǐ de sì kē dà shù
把 这 里 的 四 棵 大 树 ，

bāo kuò wǒ pá de zhè kē
包 括 我 爬 的 这 棵 ，

zài sān fēn zhōng nèi biàn chéng liǎng kē
在 三 分 钟 内 ，变 成 两 棵 。"

"即使叫来众多家臣，
三分钟内砍掉这么大的两棵树，
也是不可能的呀。"
国王为难了。

xiǎo jú xiǎng le xiǎng
小橘想了想，

lì kè yòng shǒu lǐ de zhǐ huī bàng
立刻用手里的指挥棒，

zài shù yǔ shù zhī jiān
在树与树之间

huà qǐ le xiàn
画起了线。

xiàn zài kàn shì sì kē shù
"现在看是四棵树。"

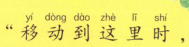

dàn zài zhè ge wèi zhì kàn shì sān kē
"但在这个位置看是三棵。"

yí dòng dào zhè lǐ shí
"移动到这里时，

shù jiù biàn chéng liǎng kē le
树就变成两棵了。"

guó wáng jīng xǐ de shuō   wǒ míng bai le
国王惊喜地说："我明白了！"

"嗬，挺厉害呀！

正好三分钟。"

从树上跳下来的，

是一个穿着草绿

色衣服的人。

"原来是小绿呀。

拉小提琴的技艺高超，

可就是喜欢捉弄人。"

国王问小橘："你们认识？"

"我们是音乐学校的同学。
小绿总是捉弄人，都出名了。"
小橘的声音越来越大，
"有一回，我的宝贝指挥棒上，
竟然插着……
插着一个橘子！"

"这家伙，
就是能做出这样的事情来！"

"插着橘红色的橘子，
就很容易知道是你的了。"

"你胡说些什么呀?!
我的指挥棒好久都带着一股甜甜
的味道！"

"真是个有趣的人哪！
我好希望能和你成为朋友。"
国王正想打招呼。
谁知小绿却一扭头，跑掉了。

"我好想跟着小绿的琴声
再唱一会儿歌。"

"去追吧！"

顺着脚印追

"这些脚印就是
小绿的……"

xiǎo jú hé guó wáng
小 橘 和 国 王

kāi shǐ yán zhe jiǎo yìn xún zhǎo
开 始 沿 着 脚 印 寻 找 。

^{zhǎo dào le}
"找到了！"

^{xiǎo lù tǎng zài shù xià shuì wǔ jiào ne}
小绿躺在树下睡午觉呢。

^{hǎo xiàng zài shuì jiào ne}
"好像在睡觉呢，

^{zhè yàng hěn róng yì zhuā zhù tā}
这样很容易抓住他。"

^{bù tā nà shì zài zhuāng shuì}
"不，他那是在装睡。

^{guó wáng dà ren qǐng guò lái}
国王大人请过来，

^{wǒ gào su nín na}
我告诉您哪……"

22

xiǎo jú qiāo qiāo duì guó wáng shuō le
小橘悄悄对国王说了

xiē shén me
些什么。

guó wáng shǐ jìnr diǎn le diǎn tóu
国王使劲儿点了点头，

gāo xìng de shuāng yǎn fàng guāng
高兴得双眼放光。

23

“<ruby>国<rt>guó</rt></ruby> <ruby>王<rt>wáng</rt></ruby> <ruby>大<rt>dà</rt></ruby> <ruby>人<rt>ren</rt></ruby>，

<ruby>听<rt>tīng</rt></ruby> <ruby>我<rt>wǒ</rt></ruby> <ruby>数<rt>shǔ</rt></ruby> <ruby>一<rt>yī</rt></ruby>、<ruby>二<rt>èr</rt></ruby>、<ruby>三<rt>sān</rt></ruby>。

<ruby>一<rt>yī</rt></ruby>、<ruby>二<rt>èr</rt></ruby>……”

gāng yī shuō "sān", xiǎo lù jiù měng de tiào qǐ lái,
刚一说"三"，小绿就猛地跳起来，

zhèng tuō xiǎo jú hé guó wáng de shǒu yòu liū zǒu le
挣脱小橘和国王的手，又溜走了。

"wǒ zěn me kě néng méi fā jué ne
"我怎么可能没发觉呢？

bú guò nǐ men ràng wǒ děng le hǎo jiǔ wa
不过，你们让我等了好久哇！"

xiǎo lù pǎo jǐ bù
小绿跑几步，

tíng xià lái cháo xiào jǐ jù
停下来嘲笑几句，

yòu jiē zhe pǎo
又接着跑。

xiǎo jú hé guó wáng zài hòu miàn pīn mìng zhuī gǎn
小橘和国王在后面拼命追赶。

hū chī hū chī bù xíng le
"呼哧呼哧……不行了……"

xiǎo jú tū rán dǎo xià le
小橘突然倒下了。

25

xiǎo lù cháo xiào dào
小绿嘲笑道：

zhēn méi yòng a　　gāng pǎo le
"真没用啊，刚跑了

jǐ bù jiù lèi chéng zhè yàng
几步就累成这样。"

26

“小橘？ 小橘！”

无论国王怎么叫，

小橘都没有反应。

小绿担心起来，

低头察看小橘的脸，

小橘紧紧闭着眼睛。

“这下不好了！”

国王脸色煞白地说。

“不会吧……刚才跑得太猛了。

我只是觉得让你们追赶很好玩儿。

小橘，你快醒醒啊！”

就在这时，
小橘突然睁开眼睛。
不知什么时候，
小橘已经牢牢抓住
了小绿的手腕。

"一切按照小橘
的作战方案顺利
进行。"

"作战方案？"

"就是把你引到这边来的战术哟。"

"太卑鄙了！"

"是很严谨细致的作战方案呢。
好了，这回你要听我们的了。"

"到底有什么事呀？"

"请你在国王举办的演唱会上
拉小提琴。"

"啊？为什么？"

"因为有了你的琴声，
国王才可以唱得优美动听。"

"所以你们才来追我的吗？

我还以为你们生气了呢。

刚才那么没命地跑，真不值得。"

"怎么样？能帮帮忙吗？"

小绿考虑了一下，

回答道：

"我有一个箱子一直打不开。

如果你们能帮我打开它，

我就可以去拉琴。

稍等一下。"

过了一会儿，

小绿搬来了一个大箱子。

zhè shì hěn jiǔ yǐ qián
"这是很久以前

bié rén sòng de xiāng zi
别人送的箱子。

kě shì wǒ bù zhī dào
可是，我不知道

kāi xiāng zi de mì mǎ
开箱子的密码。"

shàng miàn xiě zhe shén me ne
"上面写着什么呢！"

xiǎo jú kàn zhe xiāng zi bèi miàn shuō
小橘看着箱子背面说。

guó wáng yě còu guò lái chá kàn
国王也凑过来察看。

“好像是个谜语，什么意思呢？

'如果想拉这把琴，

先按大小顺序排数字，

再由小到大排一次，

两个数字做减法，

就能回到原来了，

箱子也会打开了。'

这是什么意思呀？莫名其妙。”

jī huì zhǐ yǒu yí cì
"机会只有一次。

rú guǒ gǎo cuò le
如果搞错了，

jiù yǒng yuǎn yě dǎ bù kāi
就永远也打不开。"

sān gè rén zhí lèng lèng de dīng zhe xiāng zi
三个人直愣愣地盯着箱子。

33

wǒ zhī dào le
"我 知 道 了！

zhè xiē tú àn lái zì zhōng biǎo
这 些 图 案 来 自 钟 表。

shí èr gè diǎn hé yì gēn cháng fēn zhēn
十 二 个 点 和 一 根 长 分 针、

yì gēn duǎn shí zhēn
一 根 短 时 针。"

yuán lái rú cǐ bú kuì shì cōng míng de xiǎo jú
"原 来 如 此！ 不 愧 是 聪 明 的 小 橘。

kě shì zhōng biǎo shàng de shù zì xiāo shī le
可 是， 钟 表 上 的 数 字 消 失 了，

bù zhī dào shì jǐ diǎn na
不 知 道 是 几 点 哪。"

duǎn shí zhēn zhèng hǎo zhǐ zhe yuán diǎn nà lǐ
"短时针正好指着圆点那里，

yīng gāi jiù shì diǎn zhěng huò diǎn zhěng
应该就是3点整或4点整。"

yě jiù shì shuō suǒ yǒu cháng fēn zhēn zhǐ zhe
"也就是说，所有长分针指着

de shù zì dōu shì xià miàn yóu wǒ lái jiě
的数字都是12。下面由我来解

kāi mí dǐ ba
开谜底吧！"

guó wáng kāi shǐ shǔ qǐ shù lái
国王开始数起数来。

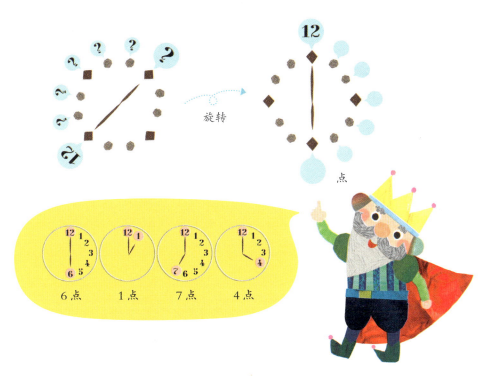

旋转

点

6点　　　1点　　　7点　　　4点

35

méi cuò hé wǒ xiǎng de
"没错，和我想的
yì mú yí yàng
一模一样。
mì mǎ shì
密码是 '6174'。"

qǐng děng yí xià
"请等一下……
xiān àn dà xiǎo shùn xù pái shù zì
'先按大小顺序排数字，
zài yóu xiǎo dào dà pái yí cì
再由小到大排一次，
liǎng gè shù zì zuò jiǎn fǎ
两个数字做减法'，
huì zěn me yàng ne
会怎么样呢？
nán dào huì shì lā dà tí qín
难道会是拉大提琴，
huò shì lā xiǎo tí qín ma
或是拉小提琴吗？"

xiǎo jú xiào mī mī de shuō
小橘笑眯眯地说：

xiǎo lǜ nǐ zhēn de tài xǐ huan lā xiǎo tí qín le
"小绿你真的太喜欢拉小提琴了。

bú guò zhè lǐ de dà xiǎo
不过，这里的'大小'，

kě bú shì dà tí qín hé xiǎo tí qín de yì si
可不是大提琴和小提琴的意思，

ér shì yóu dà dào xiǎo pái liè de yì si yo
而是由大到小排列的意思哟。

bǎ àn zhào yóu dà dào xiǎo de shùn xù pái
把6，1，7，4按照由大到小的顺序排

liè jiù shì
列，就是：

7 6 4 1。

zài bǎ àn zhào yóu xiǎo dào dà de shùn xù
再把6，1，7，4按照由小到大的顺序

pái liè jiù shì
排列，就是：

1 4 6 7。

shàng miàn de shù zì
上面的数字

jiǎn qù xià miàn de shù zì shì shi kàn
减去下面的数字，试试看。"

“我不擅长算术。”
wǒ bú shàn cháng suàn shù

小绿说。
xiǎo lǜ shuō

“我也是第一次遇到
wǒ yě shì dì yī cì yù dào

这样的问题。
zhè yàng de wèn tí

就让我来吧！
jiù ràng wǒ lái ba

7641减去1467是吧？
jiǎn qù shì ba

哎呀！6174。
āi yā

又回到
yòu huí dào

原来的数字了！”
yuán lái de shù zì le

"'先按大小顺序排数字，

再由小到大排一次，

两个数字做减法，

就能回到原来了。'

谜语里说的4个数字，

一定是6174。

钟表图案的指针，

也是指着'6点''1点''7点'

'4点'呢，所以，肯定没错。"

听了这些，

小绿慢慢地对准

了箱子的密码。

随着“咔嗒”一声，
被封闭了几百年的耀眼光芒，
一下子倾泻出来！

“黄金小提琴！”

sān gè rén yòu jīng yòu xǐ de jiào le qǐ lái
三个人又惊又喜地叫了起来。

yí dìng huì zòu chū yōu yáng de qín shēng
"一定会奏出悠扬的琴声！"

duì le nǐ men xī wàng wǒ chū yǎn guó wáng
"对了。你们希望我出演国王

de yǎn chàng huì shì ba kàn lái yǒu diǎnr
的演唱会，是吧？看来有点儿

yì si wǒ jiù yòng zhè bǎ huáng jīn xiǎo tí qín
意思，我就用这把黄金小提琴

yǎn zòu ba
演奏吧。"

jiù zhè yàng xiǎo lǜ jiā rù le
就这样，小绿加入了

yǎn chàng huì de háng liè
演唱会的行列。

hěn kuài   jǔ bàn yǎn chàng huì de rì zi dào le
很快，举办演唱会的日子到了。

guó wáng tā men zài hòu tái
国王他们在后台

xīn shén bù níng de děng dài zhe
心神不宁地等待着。

ā   hǎo jǐn zhāng
"啊，好紧张。

guān zhòng men huì zěn me xiǎng ne
观众们会怎么想呢？"

guó wáng zhuàn zhe quān
国王转着圈，

zǒu lái zǒu qù
走来走去。

guó wáng dà ren   méi
"国王大人，没

wèn tí de   yǒu wǒ
问题的。有我

men péi zhe nín ne
们陪着您呢。"

小橘鼓励道。
小绿在旁边
擦拭着黄金小提琴。

"我要拉这把黄金
小提琴了。国王您
要好好唱哟。观众
们会为您喝彩的。"

"嗯，是的。

今天是我第一次在观众面前唱歌。

好兴奋哪！好吧，来开一个

能让观众开开心心的演唱会吧！"

yǎn chū kāi shǐ le
演出开始了！

xiǎo jú jǔ qǐ le
小橘举起了
zhǐ huī bàng
指挥棒。

xiǎo lǜ tí qǐ le
小绿提起了
xiǎo tí qín
小提琴。

guó wáng shāo shāo
国王稍稍
zhèng le zhèng tóu shàng de wáng guān
正了正头上的王冠。

wéi mù lā kāi hòu
帷幕拉开后，
tái xià yí piàn jì jìng
台下一片寂静……

zhǐ yǒu yí gè xiǎo nǚ hái hé yì tóu máo lǘ
只有一个小女孩和一头毛驴。

“啊？”

xiǎo jú hé xiǎo lǜ mù dèng kǒu dāi
小橘和小绿目瞪口呆，

lèng zhù le
愣住了。

è   hái méi dào shí jiān
“呃……还没到时间？”

xiǎo jú zì yán zì yǔ dào
小橘自言自语道。

"你们俩还愣在那里做什么呢？
快开始演奏吧。"国王小声说。

"没有观众哟。"

"那不是有吗？"

"啊，一个小女孩和一头毛驴……"

"足够了呀！

要举办一场让那个小女孩和那头毛
驴特别开心的演唱会。"

国王深深地鞠了个躬。

小橘和小绿也跟着鞠了一躬。

“今天是我的第一次演唱会！

我要让你们特别开心！”

国王大声说。

小女孩使劲儿鼓起了掌，

毛驴“嗷”地叫了一声。

yǎn chàng huì kāi shǐ le
演唱会开始了。

guó wáng suí zhe xiǎo lù de xiǎo tí qín bàn zòu
国王随着小绿的小提琴伴奏

chàng le qǐ lái
唱了起来。

gē shēng fēi cháng yōu měi dòng tīng
歌声非常优美动听。

xiǎo nǚ hái hé máo lú
小女孩和毛驴

jìng jìng de tīng zhe
静静地听着。

biǎo yǎn wán dì yī shǒu gē
表演完第一首歌，

wèi le zhǔn bèi dì èr shǒu gē
为了准备第二首歌，

guó wáng tā men huí dào le hòu tái
国王他们回到了后台。

dào dǐ shì zěn me huí shì ne
"到底是怎么回事呢？"

xiǎo jú bù jiě de shuō
小橘不解地说。

shén me zěn me huí shì
"什么怎么回事？"

xiǎo lǜ yì biān cā shì zhe huáng jīn xiǎo tí qín yì biān wèn
小绿一边擦拭着黄金小提琴，一边问。

guó wáng de yǎn chàng huì
"国王的演唱会，

guān zhòng jìng rán zhǐ yǒu yí gè xiǎo nǚ hái hé yì tóu máo lú
观众竟然只有一个小女孩和一头毛驴，

shí zài shì tài qí guài le
实在是太奇怪了。"

"是太少了，

不过你看国王……"

这时，国王手里拿着一大把气球，

看上去好像很高兴的样子。

"怎么？拿这么多气球做什么？"

"我觉得，要是我拿着

很多气球登场，

观众说不定会更高兴。"

国王还想拿更多的气球，

就用充气泵给更多的气球

充起了气。

“国王大人多么努力呀。

我们也要好好演奏，

让国王唱得更好。”

看着国王高兴的样子，

小橘连连点头。

即将开始表演第二首歌，
小橘和小绿走上舞台。
国王拿着很多很多气球，
也来到舞台上。

小橘惊呆了。
刚才放在谱台上的指挥棒
居然变成了胡萝卜。
"哎呀！"

54

“哈哈，用橘红色的胡萝卜指挥，也不错哟。”

“你……嘿嘿，这回咱俩算是扯平了。”小橘抿嘴一笑。

“你在说什么呀？”

小绿一看，原来他的谱台上盖满了绿叶。

“很有你的特色吧。”

“我服了。这怎么看乐谱呀！”

小绿连忙把绿叶抖掉。

就在他们俩你瞪我、我瞪你的时候，

国王深深地鞠了个躬，说道：

“你们俩快开始演奏下一首曲子吧。”

xiǎo jú jǔ qǐ hú luó bo zhǐ huī bàng
小橘举起胡萝卜指挥棒，

xiǎo lǜ gù bu shàng qīng lǐ mào zi shàng de lǜ yè
小绿顾不上清理帽子上的绿叶，

biàn tí qǐ le xiǎo tí qín
便提起了小提琴。

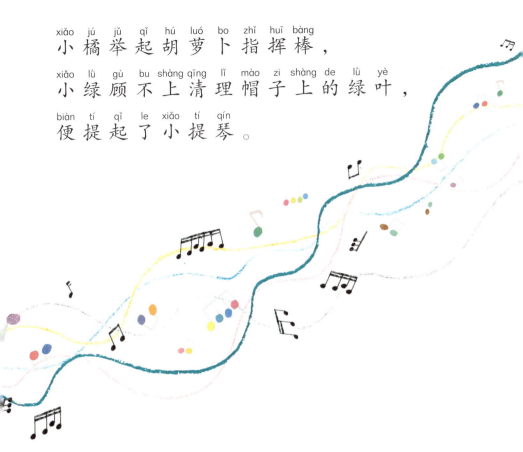

liǎng gè rén tóu rù de yǎn zòu qǐ lái
两个人投入地演奏起来，

kě shì guó wáng de gē shēng què yuè lái yuè xiǎo
可是，国王的歌声却越来越小。

lā lā lā lā lā
"啦 啦 啦 —— 啦 啦 ——"

nǐ bù jué de yǒu diǎnr qí guài ma
"你 不 觉 得 有 点 儿 奇 怪 吗 ？"

他们俩一看，

国王明明刚才还在那里，

怎么不见了?!

"国王大人！您在哪里呀？"

zhè shí   tóu dǐng shàng chuán lái guó wáng de gē shēng
这时，头顶上传来国王的歌声。

lā lā   lā
"啦啦——啦——"

ā
"啊！"

suǒ yǒu rén tái tóu yí kàn   zhèng zài chàng gē de guó wáng
所有人抬头一看，正在唱歌的国王

suí zhe hěn duō hěn duō qì qiú   piāo piāo yōu yōu de fú
随着很多很多气球，飘飘悠悠地浮

zài kōng zhōng
在空中。

guó wáng dà ren   xiǎo jú hé xiǎo lǜ dà shēng hǎn
"国王大人！"小橘和小绿大声喊。

lā lā lā
"啦啦啦——"

guó wáng yě bù guǎn tā men liǎ zěn me hǎn
国王也不管他们俩怎么喊，

zhǐ shì jì xù chàng zhe gē
只是继续唱着歌。

60

"啊，好棒！"

小女孩又使劲儿鼓起了掌，

毛驴又"嗷"地叫了一声。

“怎……怎么办哪？”

国王不断往上升，

一直升到城堡的塔楼上面。

小橘对小绿说：

“如果离得太远，

国王唱歌又会跑调了，

咱们要靠近些才行。”

“那么高的地方，怎么靠近哪？”

这时，小绿用手指了指远处。

“那里！
小橘，我们到那里去演奏吧。”

xiǎo lǜ lā zhe xiǎo jú pǎo dào le chéng bǎo rù kǒu
小绿拉着小橘跑到了城堡入口

de qiāo qiāo bǎn shàng
的跷跷板上。

zhǐ jiàn xiǎo lǜ zhuā zhù hú luó bo
只 见 小 绿 抓 住 胡 萝 卜

zhǐ huī bàng
指 挥 棒 ，

gāo gāo jǔ zhe hǎn dào
高 高 举 着 喊 道 ：

wèi
" 喂 ——— "

máo lǘ kàn dào hú luó bo
毛驴看到胡萝卜，

è　　hē　　de jiào zhe
"呃——嚼——"地叫着，

cháo qiāo qiāo bǎn pǎo lái
朝跷跷板跑来。

xiǎo lǜ bǎ hú luó bo rēng guò qù
小绿把胡萝卜扔过去，

máo lǘ zòng shēn yí yuè
毛驴纵身一跃，

zài kōng zhōng diāo zhù le hú luó bo
在空中叼住了胡萝卜，

yòu shùn shì luò dào qiāo qiāo bǎn de lìng yì tóu
又顺势落到跷跷板的另一头。

jiè zhe zhè gǔ jìnr
借着这股劲儿，

xiǎo jú hé xiǎo lǜ
小橘和小绿，

bèi gāo gāo de tán dào le kōng zhōng
被高高地弹到了空中。

"啊——"

小橘和小绿跳到了城堡塔楼的屋顶上。

"欢迎——你们——"

国王舒舒服服地飘浮在空中。

"国王大人，您拿的气球太多了。"

小绿无奈地说。

"嘿——

既然这样，

咱们就奉陪到底吧！"

小橘使劲儿挥舞手臂，

小绿也奋力拉起了

黄金小提琴。

zài dì yī cì wáng guó de zhèn shàng
在第一次王国的镇上，

dà jiā dōu zài yì lùn yǎn chàng huì de shì qing
大家都在议论演唱会的事情。

méi yǒu qù tīng guó wáng de yǎn chàng huì shì bú shì bú
"没有去听国王的演唱会是不是不

tài hǎo ya
太好呀？"

bú huì de   guó wáng wǔ yīn bù quán shì chū le míng
"不会的，国王五音不全是出了名

de   méi qù jiù duì le
的。没去就对了。"

tā pái liàn shí de gē shēng jiù zāo tòu le
"他排练时的歌声就糟透了。"

zhè shí   bù zhī cóng nǎ lǐ chuán lái le zhèn zhèn gē shēng
这时，不知从哪里传来了阵阵歌声。

zěn me huí shì   zhè gē shēng hǎo dòng tīng
"怎么回事？这歌声好动听。"

shì cóng tiān kōng chuán lái de ba
"是从天空传来的吧？"

bú duì   shì cóng chéng bǎo nà biān chuán lái de
"不对，是从城堡那边传来的。"

zhèn shàng de rén dōu tái tóu wàng zhe tiān kōng   sì chù xún zhǎo
镇上的人都抬头望着天空，四处寻找。

yǎn chàng huì shèng xià zuì hòu yì shǒu gē le
演唱会剩下最后一首歌了。

xiǎo lǜ de yǎn zòu kòu rén xīn xián
小绿的演奏扣人心弦，

xiǎo jú yě pīn mìng huī wǔ zhe shuāng shǒu
小橘也拼命挥舞着双手。

jiù zhè yàng
就这样，

guó wáng yuán mǎn wán chéng le dì yī cì yǎn chàng huì
国王圆满完成了第一次演唱会。

guā ji guā ji
"呱唧呱唧——"

xià miàn xiǎng qǐ léi míng bān de zhǎng shēng
下面响起雷鸣般的掌声。

72

gāng cái hái zhǐ yǒu xiǎo nǚ hái hé máo lǘ
刚才还只有小女孩和毛驴

de guǎng chǎng shàng　　xiàn zài zhàn mǎn le rén
的广场上，现在站满了人。

zhè shì zěn me huí shì ya
"这是怎么回事呀？"

xiǎo jú dāi dāi de kàn zhe
小橘呆呆地看着。

xiǎo lù hěn dé yì de shuō
小绿很得意地说：

dà jiā bèi tiān kōng zhōng chuán lái de xiǎng chè quán chéng
"大家被天空中传来的响彻全城

de gē shēng xī yǐn　　dōu gǎn lái le
的歌声吸引，都赶来了。"

yì zhí piāo fú zài kōng zhōng de guó wáng
一直飘浮在空中的国王，

shēn shēn de jū le gè gōng
深深地鞠了个躬。

74

"多么动听的歌声啊。"

"在空中演唱，好有创意呀。"

"一开始就来听演唱会就好了。"

人们七嘴八舌地议论着，
不停地鼓掌。
小女孩冲着天空大声喊："再来一首！"
毛驴也冲着天上"呃嗬——呃嗬——"
地连叫了几声。
于是，人们一边用手打着拍子，
一边齐声喊道："再来一首，再来一首！"

guó wáng xiàng guān zhòng huī le huī shǒu
国王向观众挥了挥手，

rán hòu duì xiǎo jú hé xiǎo lǜ shuō
然后对小橘和小绿说：

lái zài chàng yì shǒu ba
"来，再唱一首吧！"

xiǎo jú hé xiǎo lǜ wēi wēi xiào le xiào
小橘和小绿微微笑了笑，

rán hòu hù xiāng shì yì le yí xià
然后互相示意了一下，

jiù yòu kāi shǐ le yǎn zòu
就又开始了演奏。

第一次
做的事情♪♫

第一次
尝试♪

wán
完

【卡布列克常数】

将四个不完全相同的数字按从大到小的顺序排列，再按由小到大的顺序排列，用第一次排列得到的数字减去第二次排列得到的数字，将计算出的答案再按从大到小的顺序排列，然后由小到大排列，再减，类推下去，最后一定会得到一个固定的数：6174。这就是"卡布列克常数"。

例如：用 2020 来尝试一下。

2200－22＝2178 →

8721－1278＝7443 →

7443－3447＝3996 →

9963－3699＝6264 →

6642－2466＝4176 →

7641－1467＝**6174**

这是一位叫卡布列克的数学家发现的数字，所以被称为"卡布列克常数"。

你也可以用出生年份、家里的电话号码尝试一下。任何四个不完全相同的数字，多次排列相减，最后肯定会变成"6174"。

不过像"2222""6666"这样全部相同的数字排列，计算结果会是"0"。

四位数中有这种"魔力"的数字，只有 6174 哟！

第一次王国进行曲

国王/词　小橘/曲

来吧来吧 快开始吧，第一次尝 试，从来都没 有　见过的东西。

来吧来吧 快开始吧，第一次尝 试，从来都没 有　做过的事情。

失 败了 也不用怕，没关系 走吧走 吧,走啊走 啊, 前　进前进前 进！

不怕失败 才会成功，会成功 走吧走 吧,走啊走 啊, 前　进前进前 进！

第一次第 一次王国　进行　曲。

音符捉迷藏
的答案。♪

第 10~11 页

第 20~21 页

第 68~69 页